久野　治
詩集
１０Δ歳

イラスト・デザイン・装丁／久野　治

中日出版

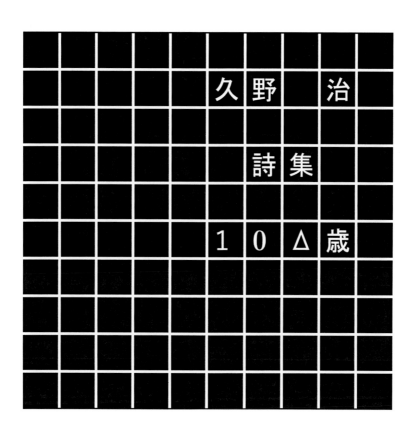

一　黒い手套

序ニカエテ

晴レタ日モ
雨ノ日モ
働《ハタラ》クコトヲ考ヘタガ
少年ノタメ稼《カセ》グトコロハ無《ナ》カッタ
ソコデ、ワタクシハ
ナゴヤ新聞ノ
日曜マンガ欄ヲネラッタ
イチマイノ「ケント」紙ニ

ナンセンス漫画ヲ描《カ》イテ出シタ
スルト、ソレガ面白カッタカ
新聞ニノッタ
ヤガテ、ライバルガアラワレタ
ソノヒト服部保サント
紙面デハトップヲアラソイ
ソシテ月間賞ヲトルト
十円ノ賞金ガイタダケタ
ウレシカッタ。ナ

（昭和十一年（一九三六）十三歳）

【追記 ①】私は昭和十二年（一九三七）三菱電機㈱名古屋製作所の「見習工（修業期間は四ヶ年）」として入社いたしました。十四歳。一日の日当は五十銭でした。さきの十円の賞金のことがあって「労働の価値」の低さに発奮。翌年に入ると直ぐ、賃金引き上げの組織（団結）をつくり四十パーセント引き上げるべく、要求を提出。これが要求満額の回答を得ることができました。（五十銭は七十銭に引きあげられました。）戦後、私が労働組合運動に専念致しました原点は、ここにあったと思います。

【追記 ②】私と名古屋新聞のマンガ欄でトップをあらそいました服部保氏（一九一五〜一九九七）は、その後上京されて洋画家として大成されました。平成十七年（二〇〇五）七月には名古屋市の「丸栄スカイル」で「服部保遺作展」が開催されましたので、私も参観して往時を偲びました。

白い蛾

をやみなく降る雨が

冷たく頬を沾《ぬ》らす

シンメトリー（symmetry）な夜は、すっかり睡り

街外れの洋燈が僅かに燃えているばかり
杳《とお》くで赤いシグナル（signal）が灯って消えた

心貧しいボクの眸《ひとみ》に
つめたい灯りをともし
追憶の世界を漂わせるのは
青いランプ（lamp）による白い蛾の魅惑であろうか
をやみなく降る雨が
冷たく頬を沾らす

（朝日新聞、朝刊掲載）

信濃の宿にて

蛙が夜っぴで啼く
すすけた藁ぶきの軒ちかく
そは、水車のカタコトと廻れる辺り

旅にいて旅のあわれが
こんなにも心に沁みるものか
夜は部厚い詩の本を閉じて
ひとしきりざわめて啼く
蛙のこえに聞き耳をたてよう

ああ、あんなにも

啼かなければ死ねないであろうか

訪《と》うひともない宿のめぐりを

蛙が夜っぴで啼く

朝のプロムナード（promenade）

優しい五線譜が
爽やかな眼薬《めぐすり》のように沁みる
朝、小鳥が発声練習をする
短かいスカーフ（scarf）に似た
雲が流れていく
頬をオークル（ocre）色に燃やしながら
とおくアルプス（Alps）の山肌が
霧に磨かれて

ピッケル（pickel）のように光る

そんな朝のプロムナード（promenede）に

ぼくは口笛を吹いて

広い胸を帆のように張りながら歩く

Mayの朝の緑は

白いカッター（cutter）の襟を染めて

空のグリーン（green）の爽やかさをつくる

そしてぼくのこころは健康であることだ

日曜日

日曜日の朝。ボクは季節の哀愁をパイプにつめて、匂のいいクリーム（cream）の風に吹かれながら、大きなポケットに幸福を封じて、白い噴水のように、芽をふきあげる芝生の小径を散歩する。軽いソフト（soft）。ボヘミアン（Bohemian）ネクタイ。磨かれた靴。ステッキ（stick）。そして新刊書のような春を眺めてあるく。

掌に汲めば染まりそうな、水の美しい湖のほとり、風に吹かれた落葉がメランコリー（Melancholie）を織る。小鳥が尻尾で音譜を蒔く。レコード（record）のように廻る水車の傍らでは、ノスタルジア（nostalgia）の虹が立つ。ボクは絵葉書のような森の中で、ひとり童話の本を読みふける。

口笛のように流れる時間よ。音楽のごとく昂奮する春の太陽よ。季節はテープ（tape）のような淡い虹の架け橋だ。そして、やるせないカルメラ（Caramelo）の哀愁だ。ああ、コンパクト（compact）の鏡にも似て、明るい空の下、せめて一日、陽気になる眼鏡をかけて、青春をアドバルーン（Adballoon）のように、胸をふくらませて歩きたい。日曜日。

二　ガランピイの夕日

—華麗島（台湾）戦記抄—

出撃

――昭和十九年（一九四四）十一月三日（九州・佐世保港より）――

「海に出て木枯帰るところなし」の一句は、昭和年間（一九二六～八九）水原秋櫻子、高野素十、阿波野青畝、山口誓子の四Ｓ時代をつくった誓子（一九〇一～九四）の、代表作であるばかりか昭和十九年（一九四四）十月二十五日に出撃した、神風《しんぷう》特別攻撃隊を詠んだものである。

私は山口県防府市の海軍通信学校を卒業して、フィリピン（Philippines）ルソン島（Luzon）北に位置するバブヤン諸島（Babuyan）の、見張所建設をめざして九州・佐世保の軍港を二十一隻から成る船団に便乗し出撃したのは、昭和十九年十一月三日であった。

その頃十月十二日から十六日にかけて台湾の南東洋上では、アメリカ第38機動部隊とたたかった海軍は敗北。このとき司令官であった有馬正文少将は、自ら一式陸攻に搭乗、体当たりで壮烈な戦死を遂げられた。

一方、アメリカ軍はマッカーサー元帥の合言葉「アイシャル・リターン」（I sall return）が実現して、十九年十月二十日にはフィリピンは逆上陸され、敗色は強まる許り。このとき台湾・新竹（Hsinchu）にあった連合艦隊司令長官・豊田副武を、大西瀧治郎が訪ねている。

特攻生みの親といわれる大西瀧治郎（一八九一〜一九四五）は、フィリピン航空艦隊の司令長官（海軍中将）で、さきの台湾沖海戦において有馬少将が敵艦への体当たり突入されたことに、はげしい感銘をうけ、神風特別攻撃隊の発想が生まれた、と伝わる。

私たちは、以上のごとき緊迫した戦局を、知らされない儘に十一月三日、出撃の朝を迎えた。「お前たち喜べ、本日は明治節という吉《よ》き日である。かかる日に出撃できるのは武人の誉れである。武運長久を祈る」と。激励の挨拶をうけ鹿島立することとなった。

軍港を出ると、私は無線通信兵であったから、直ぐレシーバー（receiver）をかぶり潜水艦情報を受信。するとアメリカの潜水艦隊は、待っていたと許りに船団を取り囲んでいる。吉日を期して出撃する、というわが国の風習は完全に読まれていた。ということであった。

それでも沖縄までは無事であった。私は戦友の多くと那覇港で別れた。「おいクノ、お前は運が悪いナ、ここは内地で安全だ。とてもフィリピン迄は行けや、しないゾ」の言葉を背にして、私たちは港を離れた。その夜から台風が近づいているのか、海は時化《しけ》てきた。

私の乗った便乗艦「金泉丸」が、敵潜水艦の魚雷にやられたのは、十一月六日、午前〇時〇分である。幸い魚雷の直撃は避けられたが、艦は大破し傾斜がはげしくなったので、全員退避。私が僚艦に救助されたのは同日の、午後三時であった。

そして、私たちが台湾の基隆港《キールン》（keelung）に上陸したのは、十一月八日。「台湾沖航空戦」が敗北であったことを知らされていない現地では、内地から精鋭の増強部隊が到着した、と思いこんだ島民によって大歓迎の宴が待っていた。

「注①」私の基隆での宿泊は日本人経営の「高助屋旅館」でありました。そこで私は旅館の主人にたのんで、「お宅のご子息（私のこと）を見かけました。」という私信を留守宅あてに、出して貰うことにしました。したがって、留守宅では私が台湾の基隆にいることが分かりました。当時は「軍事郵便」で知らせることが出来ませんでした。

「注②」また、沖縄で「クノ、運が悪いな」といって同地に上陸した同期の戦友は、その後の沖縄戦ですべて戦死しました。戦後、私は沖縄を訪れ、糸満市の「摩文仁《まぶに》の丘」にある慰霊碑に祀られている戦友の御霊に花を供えてまいりました。

「注③」帰国後、日本海員組合の機関紙「海なお深く」のナンバー2で、当時、金泉丸の乗船員（二等航海士）の小杉茂氏の手紙が発表されていますが、当時の状況について、若干異なった記事をみかけましたが、大筋では違っていませんので、ここに記しておく次第であります。

鮫（さめ）

五島列島を、わが船団が南下するにつれて、鮫の大群も同じように、船団の周囲を囲んで南下していた。「おい見ろよ、これが鮫の集団だ」と、かたわらで戦友がデッキから海面を見下ろしながら言った。

船団が流してゆく残飯を漁《あさ》るのであろう。船側をデッキに向かって、競《せ》り上がるようにして体をぶつけ合い、揉《も》み合いながら従《つ》いてくる鮫の大集団。つまり鮫の中をわが船団は、南を指して航海しているようなものだ。

見れば恐ろしく鮫の顔はグロテスクで、妖気に満ちている。私は鮫という奴の顔を初めて知った。すると後方で誰かが言った。「ここでポカチン食ったら、御陀仏だべ」と、そこで戦友のあいだで口論が始まった。

「おい、縁起の悪いこと言うな」と、「縁起もへちまもあるもんか、所詮、フィリピン迄行くのは無茶な話だ」現に、私もその通りだと思う。既にマッカーサー元師の率いるアメリカ軍は、首都マニラ市を奪還して占領下においているのだ。

誰もが、フィリピンの北端にあるバブヤン諸島などと言う処まで、無事に行けるとは思っていない。いつ何処で、どの様にしてやられるか、唯そのことが不安であった。台風が近付いて来ているので海は夕方から俄かに時化《しけ》て来た。

マストに上《のぼ》って見張りにつけば、艦が揺れる度に、そんな高い所でも波飛沫《なみしぶき》が雨風にまじって顔を打ってくる。兵達の心に油断があった。「こんなに時化《しけ》た日は、敵も攻撃はしにくかろう」と。

私の便乗艦が、アメリカの潜水艦にやられたのは昭和十九年（一九四四）十一月六日、午前〇時〇分の出来事であった。そして私が僚艦に救助されたのは、同日の午後三時であり、この間、私は鮫の顔を一度も見なかった。

バナナ売りの少年
――左営――

buntanを輪切りにして
帽子のように
かむって走るgina《ギナ》たちよ

籠いっぱいにバナナ（banana）をいれ
「兵隊さんバナナ買ってヨ」と寄ってくる
ぼくは大きな一房を買って兵舎に戻る

日焼けと垢《あか》でよごれた少年であるが
その澄んだ瞳は可憐でうつくしい
働く姿はなによりも尊いことだ

buntanの帽子を
野球帽にかえて、少年達が
伸びやかに遊べる日は、いつくるだろうか。

「注①」buntanは文旦（ぶんたん）柑橘類《かんきつるい》の一つでザボン朱欒の別名。
ginaは少年のこと。

「注②」本篇は左営海兵団にてつくる。

ガランピィの朝

ガランピィ（Oluanpi）の朝は、爽やかである。バシー（Bashi）海峡から吹きつける、風速30メートル級の風が剃刀《かみそり》の刃の鋭さで、丘の草むらを撫でつけている。私とワダ兵長は夜明けと共に、兵舎を出て丘に上った。そして人が歩ける程の道をはさんで、右手の草むらから、左手の草むらへと移動する蝸牛《かたつむり》の大群を待つ。

やがて太陽が上《のぼ》り始める。一斉に草むらが騒《ざわ》つき蝸牛が姿を見せる。私たちは早速、手掴み、手提げバケツに入れる。一杯になったところで兵舎へ戻る。「おいクノ、エスカルゴ（escarg）は、フランス料理では珍重されている食材だぞ。知っているか」と言う。私は蝸牛が食べられることは知らなかった。

兵舎では、主計兵が蝸牛を具とした味噌汁をつくり、ガランピィ見張所に勤務する、およそ三十名が食卓を囲む。団欒といわないまでも、この一刻は兵たちの一番心のやすまるときである。此処は台湾の最南端ガランピィ岬には白い灯台がトルソ（trso）の如く、裸身をあらわに光を浴びて、南の水平線を見つめている。

ガランピィ見張所は「電波探知機」（レーダー　radio detectig and ranging）を備えた、海軍の秘密基地（無線通信）で、隣りの岬は猫鼻頭《びょうびとう》といい、陸軍の高射砲陣地である。午前十時を過ぎる頃には、およそ一万メートルの上空を、フィリピン（Philippines）を飛び立ったグラマン（Grumman）戦闘機の、大編隊が通り過ぎる。

私たち兵舎の周辺は七・七ミリメートルの高射機関銃を備えた、掩体壕《えんたいごう》陣地が数個あり、つねに上空を睨んでいるが、そんなものは見向きもせず、雁行形を幾何学的に組んだ大編隊群は、爆音で地上を圧倒しながら、その数は数知れない程である。「おいクノ、こりゃ敵わんぞ」と、傍らでワダ兵長は私にささやいた。

午後、沖縄、硫黄島を攻撃し終えたグラマン戦闘機群は、整然としてフィリピンへ帰ってゆく、憎らしい程の編隊である。しかしその時、最後尾に属した数機が「悪戯っ子」のように、われらの陣地めがけて突然に急降下し、残り弾を落としてゆく七・七ミリメートルの高射機関銃が火を噴くのは、その一刻であった。

「注」ガランピィは鵞（鵝）鑾鼻と書きます。

断崖《きりぎし》のうた

あわれ戦《いくさ》なけば
われら断崖に立ちて
声をばあげなんと欲す
歌などうたわんと思う
それほどに
海青し
空また青し
風つよきところ

言葉さえぎるなり
雲ちぎれるなり
断崖　眉をば上げて
南の海
バシー（Bashi）海峡を睨むなり

（台湾最南端のガランピイ岬にて）

水牛とカラスと青空と

雲一つ飛ばないガランピィの岬
三々五々と野生の水牛が遊んでいる
草笛でも吹いてみたくなる
今日はサンデー　(Sunday)　の昼さがりである
俺たちは故郷の話ではずむ
誰彼なく懐しいのは少年の頃である
裏山で追った鳥や蝶や蜻蛉《とんぼ》たち

海辺で採った魚や汐の香の懐しさ
明日はわからぬ己れの生命を忘れて
南国の日射しを燦燦《さんさん》と浴びる俺たち
見れば丘の草原でも水牛たちが横になり
その背ではカラスも悠悠《ゆうゆう》、遊んでいる

機関銃弾

――ガランピィ無線通信室にて――

そいつは、俺の左肩から首すじの間を抜けて眼の前にあった頼信紙《らいしんし》を焼いた
曳光弾《えいこう》である

戦場にありながら
平和な気持ちでキィ（key）を叩いていた俺が
一瞬、敵の襲撃を感じたのは、
愚かにも、その一刻であった

転げるように、部屋を出て
機銃陣地である丘の上を見上げれば
そこは、もう激越な彼我《ひが》の
戦闘が始まっていた

グラマン（Grman）戦闘機から発する機関銃弾は明らかに此処、無線通信室を狙っていた。
俺は、そいつの意志から唯外れただけであった。

「注①」グラマン戦闘機はアメリカ海軍の主力戦闘機で、われわれは、これに泣かされました。弾丸は自動式に発し、およそ一メートル四方に四発である。その間隔が分かれば恐くはなかった。

「注②」この一件にはウラがありました。わたくしが、左営海兵団から菅安俊夫海軍少尉と共に、ガランピイ見張所へ派遣され、まだ旬日を経過してないときでしたので、本来であれば敵機グラマン戦闘機の来襲を、丘の上にある見張台では、確認していた筈ですから、電声管を通じて、通信室へ知らせねばなりません。つまり、私はグラマン戦闘機の来襲を知らされない侭に、通信任務についていた、ということでした。無事でよかったものの業務の怠慢を、あとで、なじった処、先輩の下士官から、「それは赴任してきたお前の〝肝試し〟だったよ」と仰られました。これが男世帯の軍隊というところです。

渚のドラマ

――ガランピィ――

グラマン戦闘機が火を噴いて海へ堕《お》ちた。わたくしは兵数兵とともに、銃をもって坂をくだり、渚にむかって走った。折柄、青い海のかなた、われらの視界のなかでは、救命ボートに浮くアメリカ兵を確認した。部下の兵たちは砂浜を走って、敵を射程に入れるべく焦《あせ》った。われわれは伏《ふ》せて銃を構《かま》えた。

そのトキである。海の向こうでは白い米軍の潜水艦が、あっと思う間に浮上《ふじょう》して救命ボートの兵を救い上げて仕舞うではないか。そのあいだの時間は僅か数分というところだ。あまりの素早さに息を呑むわれわれであった。ふと見上げれば遥《はる》か上空で舞っていた芥子粒《けしつぶ》ほどのグラマン戦闘機が、数機一斉《いっせい》に急降下してくるではないか。

凄《すさ》まじい唸《うな》り声の爆音と、はじける様な銃弾が一瞬にして、われら数名の周辺に集中する。わたくしは急いで兵を燈台の中に避難《ひなん》さすべく、大声で号令をかけた。「引き揚げろ!!そして燈台の中にはいれ!!」と、兵達はあわてて燈台の白いコンクリート壁の中へ転《ころ》げ込んだ。

すると、今度はこの白い燈台をめがけて、彼等は執拗に銃弾を浴びせ、槍襖《やりぶすま》のごとく燈台を包んだ。

わたくしは兵達にタバコを配《くば》った。そして呉文通《ごぶんつう》に待とうといった。


わたくしは、日の暮れるのを待った。


「注」左営海兵団における現地の志願兵の大半は、台湾の中でも優秀な「高砂族」でありました。

その中で最もわたくしを慕ってくれたのが呉文通という青年（十八歳）でありました。彼はいい奴でした。

いまだに忘られません。

内惟《ない》送信所
——高雄——

喪章のような
黒い蝶が樹林のあいだで舞っている

川は静かにセレナード（serenade）を奏でている
森は一日中ロマン（roman）を織りつづけている
時折り樹葉で見えかくれする空の遠くで
遠雷のごとく砲が鳴っている

内惟送信所は森の中の洞屈
将校はゆっくり囲碁《いご》をさしている
古参兵は故郷への手紙を書いている
新兵たちは洗濯をしている
私は長尾和男の「サヨンの鐘」を読んでいる

喪章のような
黒い蝶が樹林のあいだで舞っている

「注」長尾和男（一九〇二～一九八一）は昭和十五年（一九四〇）台湾にわたり台南農業学校の教諭をし乍ら、小説「サヨンの鐘」（台湾ではベストセラー（best seller）であった）等を出している。当時、私は彼（同郷）が岐阜県（美濃加茂市）の出身であることは知りませんでした。

ワダ兵曹の商才
――台湾・鳳山県にて――

私とワダ兵曹は、山口県防府市にあった海軍通信学校の第69期生で、デッキ（deck）を共にした寝台戦友である。ときは昭和二十年（一九四五）終戦を台湾の高雄（Kohiong）で迎え、兵舎を中華民国海軍に明け渡した後のことである。

そこで私達は、一晩で鳳山県の一角にバラック小屋を建て、周辺の土地を開墾して、自給自足の体制をつくり、帰国の日を待つこととなった。ワダの前歴は大阪道修町で薬種商の丁稚。私はM電機での機械工。ともに農耕には馴染めなかった。

ワダと私は計らって商売を始めた。その手始めが家鴨《あひる》の飼育である。飼育といっても、餌をやって待つだけでは、時日がかかり過ぎる。ワダは家鴨を増やして、市場へ運び金を稼ぐという。当時、台湾の農村では、家鴨の数こそが農家の豊かさを量る勲章であった。

田圃を区切る水路、畑の畔を百姓たちは数十羽の家鴨を群なして歩かせ、水、魚、蟲を啄ばませている。ワダはそこを狙った。「おいクノ、家鴨は二十羽で連れだすぞ」といって、数量を確かめ田圃を目指した。竹竿の先には小さな籠に少量の大豆を入れて。

すると前方のあちこちに、私達の倍ぐらいの家鴨の集団が水路を賑わして、やってくる。そこでワダは集団めがけて、わが二十羽を突っ込ませる。百姓は慌てて困る。困ると騒ぐ、識別のついていない集団同志だから、数量？で争いとなる。

「クノ、俺達は二十五羽で出て来たな」と、私に相槌を打たせる。そこで私も両手を使って二十と五を示す。百姓も正確に数量を確かめて出て来なかった弱味と、当方が二人で演出する動作や勢いに押されて、釈然としないものの引き下がるより仕方なかった。

二十羽をいつか二十五羽に増やして、家鴨たちをバックさせ帰ったワダは、五十羽稼いだら市場へ売りに行こう、と得意気に語り、事実、この手は数回に及んだ為、私達が家鴨の群れを連れて田圃へ行くと、百姓たちは慌てて逃げるようになった。

龍山寺
――台北――

龍山寺
筮卜《ぜいぼく》をとり地に落とす
三日月の形の裏・表を持つ二片は
小さく、そして硬質の音を響かして分れる

丁丁も駄目
半半も駄目
丁半が出たら、竹の棒のおみくじを引く

すると私には九五の数字
ふたたび筮卜をとって丁・半を占う
つまり、この数字で良いか否かを占う

九五で良しと出た
かくて、一枚の靈籤《れいせん》を求めると
つぎの漢詩が示され上上と言うことである

龍山寺

観世音靈籤

劉大尉聞鶏起舞

事業功勤暮與朝　栄華物能不勝饒
報君記取金鶏門　福祿聲名價自超

第九十五首上上

解
事業功名守己待時金鶏終叫即時享通
此籤功名待時之象凡事必就大

財団法人
台北市艋舺龍山寺

聯詩二篇

――台湾高雄↓広島県大竹――岐阜

復員

うなばらは　はろばろ　こえて
うめかおる　くにに　かえりき
うれしくも　ふみしむ　つちぞ
うぐいすは　のきに　しじなく

「注」昭和二十一年（一九四六）三月、私は台湾・高雄市の「海軍司令部」（寿山洞窟）をあとに、アメリカの輸送船によって広島県大竹港へ、帰国。そのあと復員いたしました。

疎開先（岐阜県土岐市阿庄）へ帰る

めにしみる　むぎの　さみどり
めじろなく　そらは　まさおし
めぐしこの　もんぺ　あたらし
めにしみる　あさの　ひかりは

「注」名古屋市東区若水町のわが家を出て、海軍（大竹海兵団）に入団しました私は、軍務を終えて、敗戦帰国致しました処、わが家は岐阜県土岐市下石町阿庄に疎開しておりました。見ず知らずの町でしたが母のふるさとでありました。

三

鮫

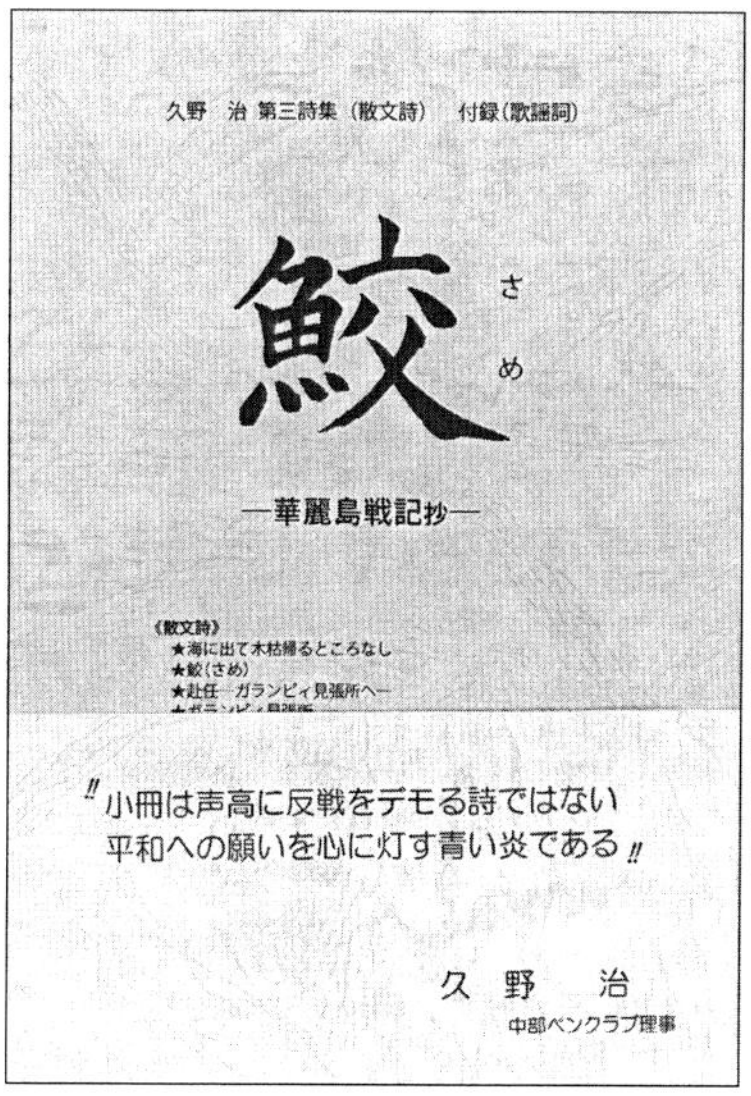
久野　治 第三詩集（散文詩）　付録（歌謡詞）
鮫《さめ》
―華麗島戦記抄―
《散文詩》
★海に出て木枯帰るところなし
★鮫（さめ）
★赴任―ガランピィ見張所へ―
〃小冊は声高に反戦をデモる詩ではない
平和への願いを心に灯す青い炎である〃
久野　治
中部ペンクラブ理事

口　笛

われは吹く
紀貫之の　その
古《ふ》りたる歌の　一つを
梢なる　小鳥の　こえ
口笛に　似るよしも　無ければ
幼き日
誰に　ならいしや
その　トレモロの　侘びしさ

ああ　われ
こころ　傷める日
ひそかに　覚えしと
風に　かたれり

――さくら花　咲きにけらしも　あしひきの　山のかひより　みゆる白雲――

紀貫之（八六六？〜九四五？）

村田虎之助について

ときは昭和七～八年（一九三二～一九三三）の頃である。ところは名古屋市東区千種町茂佐裏（現在は千種区若水町）で、私の家のすぐ北に、当時、逓信省・名古屋逓信局々長の官舎があった。（現在は愛知工業大学（名電校）イチローさんは、ここの出身）

そこに住んでおられたのが村田虎之助氏、明治三十六年（一九〇三）東大法科卒。大正十三年（一九二四）熊本逓信局長を経て、名古屋逓信局長となられた人で、およそ百坪位の敷地で、周囲は黒塀でかこまれていました。

小柄でありますが、下腹が出っぱり、恰幅《かっぷく》のよい体躯《たいく》で、口髭《くちひげ》を畜《たくわ》えた紳士。なによりも少年の私が注目したのは、右手に持ったステッキ（stick）を、三六〇度回転（振り回し）させ乍ら出勤されるスタイル（style）であった。

毎朝の通勤姿が面白いので、私はハーモニカ（harmonica）長屋の一角から、それを眺めるのが日課となっていった。ところが或る日、突然に、その姿が見られなくなってしまった。私たちは何がおきたのか、その噂に耳立てる毎日が続いた。

すると、虎之助は「流言飛語」の罪で、自宅に幽閉されている。ということである。その流言飛語という奴は何か。少年たちが口論するうちに口走ったのは「いまに日本は殺人光線によって壊滅する。」ということであった。

それかあらぬか、黒い塀の周辺を鳥打ち帽子をかむった刑事らしき男が、時間をきめて回り始めていることが分かった。そこで私たちは少年探偵団となり、私服刑事の巡回のスキを狙って、板塀の節穴を探し、そこへ顔をつけて覗きみることとした。

すると虎之助氏は藤倚子に深ぶかと掛け、マドロスパイプ（matroos pipe）を啣《くわ》え、扇びらきに新聞を広げて、悠悠閑閑《ゆうゆうかんかん》たる風情《ふぜい》であった。長屋雀たちのいう殺人光線に気が狂って、逓信局長の倚子から、転げ落ちたというのは、真実であろうか。

そして十年が過ぎた、昭和二十年（一九四五）八月六日、広島に、九日には長崎に「原子爆弾」が投下され、日本は米・英の連合国にたいして無条件降伏。さしもの大東亜戦争は終息を迎えた。虎之助氏が口走った殺人光線は原子爆弾ではなかったか。

「注」昭和十七年（一九四二）頃、理化学研究所の仁科芳雄（一八九〇〜一九五一）は原子核研究者として、極秘裡に軍の命令により原子爆弾の製造を研究していた。と伝えられるが定かではない。一方、アメリカはマンハッタン計画（Manhattan project）（原子爆弾製造）が進行していた、という。

オートバイ（autobike）
「キャブトン（CABTON）号」エレジー（elegie）

昭和五年（一九三〇）名古屋市長・大岩勇夫は「中京デトロイド化構想」を掲げて、大隈鉄工所、日本車輌、愛知時計電機、豊田式自動織機、岡本自転車自動車製作所で、国産自動車の開発を共同で始め、同七年（一九三二）乗用車、車名「アツタ号」が生まれました。

そのころ、後に「みずほ自動車」を名乗る内藤正一（一八九九～一九六〇）は、三菱重工の航空機部品を製作する傍ら、憧れのオートバイ・エンジンの開発に夢中になっていましたが、昭和十六年（一九四一）の米・英との開戦により、製作所は海軍の指定工場となりました。

昭和二十年（一九四五）三月十一日、米軍のＢ29が名古屋市を襲い、中川区玉船町の工場ならびに内藤の住居を直撃。妻と三人の子供は即死。自身も重傷を負い、失意のどん底にありました。このとき内藤を助けて後継者となったのが、加古博人であります。

加古は昭和十一年（一九三六）三菱電機㈱名古屋製作所に見習工（養成期間は四ヵ年）として入社しました。私の一年先輩でしたが、職場は同じ機械工場(電動工具の製作)で、彼はフライス盤（fraise）で、私は旋盤を扱っていました。彼は寡黙で、対照的に私は饒舌であったことを覚えております。

（戦中そして戦後しばらくのことは分かりません。私は徴兵で海軍にあって戦後、即ち昭和二十一年（一九四六）台湾・高雄から三月に帰国、直ぐ会社に戻って参りました）

終戦とともに不死鳥のごとく舞い上ったオートバイは、忽ちにして60社をかぞえ、戦国時代を迎えました。昭和二十五年（一九五〇）黒沢明監督の映画では、キャブトン号に跨る三船敏郎、後部座席には李香蘭（山口淑子）の颯爽たる姿は、キャブトン㈱専務・加古博人と重なり、私たちにとっては羨望の的となりました。

昭和二十八年（一九五三）T・Tレースが呼続大橋をスタートし、岡崎↓豊田↓瀬戸↓多治見↓岐阜↓大垣↓養老↓伊勢↓津島を経由して中村公園大鳥居まで、全行程一四五・五キロメートルを疾走、東海地方はオートバイ製造のメッカ（Mecca）となりました。

そこでホンダ、スズキ、ヤマハが大量生産、コストダウン（cost down）で一頭地を抜き、中小のメーカー（maker）を駆逐。キャブトンは呆気なく敗北。加えて昭和三十四年（一九五九）の伊勢湾台風は、これらの企業を一掃してしまいました。

永保寺（虎渓山）の大銀杏樹《おおいちょうのき》

大銀杏樹の
黄金色の落葉は
秋を待って
刊行される俳句集
はら　はら　はらと
風が発句を詠んでいます

樹がうたっている

身体ごとうたっている
唄うたびに言葉が墜ちてゆく
落葉の合唱

秋　風が誘拐する
黄金色の落葉
その行方は誰も知らない
サスペンス（suspense）である

「注」虎渓山・永保寺（岐阜県多治見市）の大銀杏樹は、開山の仏徳禅師（一二八〇～一三三二）によって、植樹されたと伝わり、樹齢およそ七〇〇年を数えるものであります。

虎渓三笑について

中国・江西省は九江の南、廬山に東林寺という古刹がある。むかし晋の僧侶・慧遠《えおん》法師（三三四〜四一七）は、その寺に隠居して三十年、山を出なかった。と伝えられている。

或る日、詩人の陶淵明（三六五〜四二七）と、陸修静（？）が慧遠をたずねた。そこで淵明が問うた。「何故に東林寺にこもられるか」。すると慧遠曰く「戦乱の世に厭きて、もっぱら悟りを求め、せめて羅漢までに至りたいものよ」と、そこで修静が言葉をはさんだ。「いや、法師は涅槃《ねはん》を志しておられるのじゃ」慧遠は答えた。「強いて申すならば拙僧の唱える〝不敬王者論〟の為じゃ。それ故に白蓮社をば設けたのだ」

淵明は、かつて劉牢之の官軍にあって、劉裕と功を争った若き日、〝猛志〟を述べたのは、自らが天下に号をなさんが為の野心であったことを思い出し慧遠の話すのを聞いた。「権力の頂点にある王といえども、その死は僧が祀ることを知らねばならぬ」と。戦乱の政治を語れば尽きず。淵明が義妹の死にさいして詠める「帰去来辞」の詩意は深く、三者の話題は終わることはなかった。

それ故に、慧遠は陶淵明、陸修静を見送りながら、はてしなき政治、そして詩論に夢中となり、二度とは渡るまいと心に決めた虎渓の橋を渡ってしまい、お互いに顔を見合わせて、思わず呵呵哄笑するのであった。廬山の肩には、折りからの満月がゆっくり昇り始めていた。

その昔、ここ美濃（岐阜県）の多治見市に、夢窓国師（一二七五～一三五一）が創建した虎渓山・永保寺がある。中庭には心字池があって無際橋が架かっている。その池からは土岐川に流れる小川があり、石橋が架けられており、「虎渓三笑」と橋には刻まれているが、その由来を知る人は少ない。

「注」中国・浄土宗の創唱者である慧遠の説く「不敬王者論」とは、僧は王に屈服しなくてもよい、と主張する。

荒神町の「宇平商店」

——多治見市の町シリーズ——

荒神町《こうじん》という地名は死語である。いまは本町八丁目と呼ばれ、かつてテレビン油(terebinthina)の匂う、やきものの上絵付《うわえつ》けの町は、遠くへ行ってしまった。私は幼ないときから、父の姉にあたるひとを、荒神町の伯母さん、と呼んでいた。

そこは上絵付け屋の「宇平商店」で、技術には定評があった。利《き》き猪口《ちょく》の底に描かれるコバルト(kobalt)の二本の輪(蛇《じゃ》ノ目《め》模様)は宇平さんの発明で、誰れも真似のできない筆捌《ふでさば》きといわれ、上《うわ》ぐすり(釉薬《ゆうやく》)の調合は秘伝とされてきた。

某日、私は父に連れられて「宇平商店」を訪ねた。新築したばかりの家の座敷。奥では床柱を背にした宇平さんは、針金のような細い指先を跳ねるように、リズムをとり、画筆を走らせておられた。

上り框《かまち》から見上げると、欄間《らんま》にはびっしりと賞状額が掲げられ、奥の方で私を凝視《ぎょうし》する目が、蜻蛉《とんぼ》の目のように飛び出して見えた。そこで宇平さんは私の父にむかって、「旨いものでも食べさせてやれ」と言った。

ときは昼飯どきであった。すると伯母さんは、高足のついた黒漆《くろうるし》塗《ぬ》りの膳《ぜん》をはこんで来られた。そこで宇平さんは、皿の上にある赤い蟹の脚を、ぽきぽき折って食べ始められた。私は蟹《かに》が高級な料理であることを知ったのは、このときであった。

浄念寺坂

逸平さんは馬車《ばしゃ》挽《ひ》きであった
下石《おろし》から神器徳利《じきとくり》を荷車に山と積んで
多治見へ通うのが仕事である

下石街道を阿庄洞《あしおほら》川沿いに出て
坂を登ると山道に入る
すると川のせせらぎを伴奏に
逸平さんは馬子唄をうたう習慣であった

やがて生田川に出合い町並みが見えてくると
僅か一里少しの道のりでも馬は腹が空いてくる
それでも浄念寺坂に至るまでは休まなかった

いつ頃だれが植樹したかは分からないが
浄念寺には馬の大好きな木槿《むくげ》の花が
高塀の上に溢れるように咲いていた

そこで馬は突然花に向って首を伸ばした

荷台は傾き手綱《たづな》を握る逸平さんは慌《あわ》てるが
然し馬は馴《な》れたもので引っくり返すことはない
そして花は毟《むし》られなくなっていった

逸平さんはほっとして一鞭《ひとむち》いれた
馬は満足気に大きく嘶《いなな》いて
石畳の坂道をゆっくり本町筋に向って下っていった

大平峠の満月

——この地方のやきものは、永い間セトモノと言われてきた——

昭和五年（一九三〇）四月十二日の夜は、満月であった。大平峠まで夢中で登ってきた豊蔵《とよぞう》（一八九四〜一九八五）は、そこまで来ると疲れが、どおっと出たのか「繁昌っ、すこし休もうや、あの絵図ヶ峠を越えりやあ、高田だ」

と言うと、背広のポケットから、牟田《むた》が洞《ほら》（可児市大萱）で、いま発掘した許りの、小さな陶片を取り出した。そして陶片を浅間山《せんけんざん》（標高三七五メートル）の上の、月の光にかざした。

それは紛《まぎ》れもなく名古屋市の「横山茶道具店」で、北大路魯山人（一八八三〜一九五九本名・房次郎）とともに、拝見させて貰った「志野筍絵筒茶盌、銘・玉川」の筍絵と、そっくりの絵柄ではないか。こ奴は狐の化《ば》かしもの木の葉ではないか。

一昨日、茶盌を手にしたときの感触が、まだ残っている。あのとき茶盌を裏返した途端、高台《こうだい》にハマコロが付いていた。しかも、それが赤土ではないか。「こりや、おかしいぞ瀬戸は白土だ」

ハマコロに赤土を使うのは美濃だ。そのことが頭にこびりついた侭、豊蔵は高田から大平まで歩いて一〇キロメートル。大平から大萱まで二キロメートル。さらに牟田が洞まで足を伸ばさせてしまった。

白い春の雲がレースの様に、満月を時折りかき消してゆく。確かに箱書きは小堀遠州（一五七九～一六四七）の息子の正之であると言われた。ひょっとしたら、志野は瀬戸ではなく美濃ではないか。と思うと豊蔵の身体はガタガタと震《ふる》えだした。

そこで思わず「こりゃあ、えらいこったあ」と繁昌に言った。浅間山から高根山（標高三八一㍍）の中天にのぼった満月は、鏡のように美しく、右手でかざしている柚子肌の小さな陶片を照らす。

描かれている火色の筍絵は、さながら仏像である。こんな不思議なことが、この世にあるであろうか。安土・桃山のやきものは美濃である。豊蔵の目からは今にも涙が溢れ落ちようとしている。

――この地方のやきものが「美濃焼」と呼ばれたのは昭和五年以後である――

「注」荒川豊蔵氏によって美濃の古窯址が発掘、実証され、氏はのちに人間国宝となられました。

落葉のセレナード（serenade）

一、秋の日の
黄昏の
永保寺
紅葉なすは
大銀杏
散りそめる時
こそさびし

二、過ぎし日は
桔梗一揆の
旗なびき
あわれ南朝
滅びたり
落葉がかたる
ものがたり

三、鐘鳴りて
夕日沈める
無際橋
秋くるたびの
セレナード
落葉の挽歌《うた》の
かなしけれ

寿経寺にて

雨が降っている
冷たい雨が降っている
利休鼠の雨が寺の方丈を叩いている

裏庭の竹林の葉が颯颯《さっさつ》と騒ぎだした
風がすこし出たのであろう
葉擦れのシンフォニー（symphony）はオクターブ（octave）を高め
回廊を急ぐ僧侶の足音が本堂に向っている

風は激しくなっていく様である
暫《しばら》くすると誦経が始まった
——舎利子　不異空　空不異色
　色即是空　空即是色　受想行識——

雨は小止みになって降っている
相変らず竹林の風が鳴っている
そのとき私の心には一幅の墨絵が架かった

「注」寿経寺は岐阜県多治見市、宝町にある禅宗寺で、かつて私（久野家）の菩提寺でありました。

晏居《あんきょ》・松岡オサム氏の死

『そのかみの　悍馬《かんば》の性《さが》も　ようやくに　和《なご》まりゆけば　歳《とし》と言うべし』

この歌は、私が而立の頃で、己れを反省したものですが、これを「社内報」で、高く称賛してくれたのが松岡オサム（一九一八〜二〇〇九）でありました。

畏兄は私より五歳年上で、戦中すなわち昭和十八年（一九四三）三菱銀行名古屋支店長であった高杉晋一（一八九二〜一九七八）が、三菱電機㈱に転属されるに伴ない、高杉の東洋的思想に共鳴して、ともに転属した人物であります。

高杉晋一は昭和二十一年（一九四六）社長に就任。それは前社長の宮崎駒吉が戦後、戦争協力者として、財界追放されるに伴ない、その当時の風潮として、私たち労働組合が次期社長候補として推挙した為、社長となられた人物で、社長室には五・一五事件の主謀者・三上卓の「青年日本の歌」が掲げられていました。

その頃、私は労働組合の中でも最も先鋭な青年部長として、結婚資金要求をたたかうべく機関紙「直流」に論陣を展開致しました。一方、使用者側は「名電時報」を発行。大学出の俊英課長クラスをもって対抗してきました。このとき、その前衛として鋭いペンを走らせていた論客が松岡オサムでありました。

私たちは紙上で、それぞれが火花を散らす論戦、まさに龍虎の対決でしたが、どこか底辺では通い合うものがありました。それが具現化するのは、おたがい会社定年の前後でありました。彼は昭和四十九年（一九七四）博多にあって『博多の商人・神屋宗湛《かみやそうたん》』を出版いたしました。

一方、私は古里の武将茶人・古田織部の研究を始めて、昭和六十四年（一九八九）『古田織部の世界』を出版。この辺りから彼とは思考の上で、全く対極の関係となりました。彼は定年退職後はカナデン㈱神奈川電機）に役員として出向した後は、晏居の号の如く、隠者の生活を楽しむ境地になりました。

それとは対照的に、私は講演と著作出版に奔走することとなり、講演は年間数十回、著作は一年一冊の単行本の出版を実行。そして著書を出版するごとに、必ず彼には献呈して批評を承わることと致しました。すると彼は必ず毛筆で丁寧な礼状と、彼なりの視点から批評を書いて送ってくれました。

彼は生涯ただ一冊の著書を残して終わりました。隠者・晏居の姿を私はそこに見ます。

四　評伝　中部日本の詩人たち　続篇・続々篇

高木斐瑳雄、殿岡辰雄ら８人にスポット

「中部日本の詩人たち」刊行

中部ペンクラブ理事・久野さん（多治見市）

中部ペンクラブ理事で文学同人誌「胞山」同人の久野治さん（七九）＝多治見市坂上町＝が、大正、昭和に活躍した高木斐瑳雄、殿岡辰雄、平光善久ら八人の詩人伝と、その代表作品などをまとめた詩史「中部日本の詩人たち」を刊行した。同書は刊行までに約十年の歳月を要したが、こうした詩史出版は全国でも珍しく、今後シリーズ化で出版の予定。

足跡、代表作まとめる

昭和詩壇の流れも紹介

詩史「中部日本の詩人たち」を刊行した久野治さん＝岐阜新聞・岐阜放送東濃総局

久野さんは郷土の武将茶人「古田織部」の研究家としても知られ、「評伝・古田織部の世界」で中部ペンクラブ特別賞をはじめ、県芸術文化奨励賞、県の第一回織部賞（特別功労賞）、県芸術文化顕彰などを受賞。

収載された詩人は、久野さんの詩の師匠で『天道祭』の詩人、高木斐瑳雄（一八九九～一九五三年）、装丁画家、遊民詩人の亀山巌（一九〇七～八九年）、モダニズム『VOU』の詩人、北園克衛（一九〇二～七八年）、『聯（れん）詩』の創始者、佐藤一英（一八九九～一九七九年）、伊那谷の孤高詩人、日夏耿之介（一八九〇～一九七一年）、『帆・ランプ・鴎』の詩人、丸山薫（一八九九～一九七四年）、旧岐阜中学で英語科教師を務めた『黒い帽子』の詩人、殿岡辰雄（一九〇四～七七年）、岐阜新聞大賞を受賞した隻脚の不動工房主、平光善久（一九二四～九九年）の故人八人。高木、殿岡、平光の三人は県文壇ゆかりの詩人。

内容は大正、昭和の詩流を背景に、各詩人のエピソードや詩碑などの写真を織り交ぜながら、人物像や代表作品を収載しながら昭和詩壇の流れも紹介。また、表紙などは久野さんが各詩人の特徴をとらえて描いたイラストで装丁されている。四六判、三百二十二ページ、定価は税別で二千五百円（中日出版社）。

久野さんは「岐阜、愛知、三重の中部は文化の宝庫でもあることを全国に発信できれば」と話し、シリーズとして今後、十数人の詩人を収載した続刊二冊を刊行予定という。

岐阜新聞社提供（平成14年6月14日掲載）

中部日本の詩人たち

中部日本の詩人たち
中部ペンクラブ理事
久野　治
中日出版社

平成14年刊行

① 「天道祭」の詩人・高木斐瑳雄　② 装丁画家・遊民詩人の亀山　巌
③ モダニズム「VOU」の詩人・北園克衛　④ 「聯詩」の創始者・佐藤一英
⑤ 伊那谷の孤高詩人・日夏耿之介　⑥ 『帆・ランプ・鷗』の詩人・丸山　薫
⑦ 『黒い帽子』の詩人・殿岡辰雄　⑧ 隻脚の不動工房主・平光善久

続・中部日本の詩人たち

続・中部日本の詩人たち
中部ペンクラブ理事
久野　治
中日出版社

平成16年刊行

① 円頓寺筋の詩人・伴野　憲　② 「北の窓」の詩人・中山　伸
③ 「地球脱出」の詩人・長尾和男　④ 民衆詩派の詩人・鈴木惣之助
⑤ 九十三歳の童詩人・中条雅二　⑥ 東洋浪漫の詩人・坂野草史
⑦ 「山脈詩派の詩人」和仁市太郎　⑧ 情熱の社会派詩人・吉田暁一郎

続々・中部日本の詩人たち

続々・中部日本の詩人たち
中部ペンクラブ理事
久野　治
中日出版社

平成22年刊行

① 放浪漂白の詩人・金子光晴　② 飛騨・高山の詩人・福田夕咲
③ 実業家詩人・稲川勝次郎（敬高）　④ 「夏の坂」の朗読詩人・佐藤經雄
⑤ 『漁民悲歌』の詩人・浜口長生　⑥ 『百姓の死』の詩人・錦　米次郎
⑦ 「青騎士」＆「詩と詩論」・春山行夫　⑧ 「詩文学研究」の梶浦正之
⑨ 『異端抄』の白寿詩人・稲葉忠行

近代詩の変遷

「近代詩」の誕生は、明治十五年（一八八二）に刊行された「新体詩抄」といわれる。その中で哲学者の井上哲次郎《いのうえてつじろう》（一八五五〜一九四四）巽軒《そんけん》は「ソレ明治ノ歌ハ、明治ノ歌ナルベシ、古歌ナルベカラズ、日本ノ詩ハ、日本ノ詩ナルベシ、漢詩ナルベカラズ」と述べ、新たな詩の模索が始まったが、それより少し前に、幕末・明治の幕臣で、かの西郷隆盛（一八二七〜一八七七）との間で、江戸城明け渡しをはたしたことで、後世に名を残した勝海舟（一八二三〜九九）が、オランダ人につき蘭学を学ぶ間に、オランダの詩を翻訳していた、と伝えられている。海舟は、文筆も巧みで「自伝」および「氷川情話」その他を執筆しているところから、そのことは容易に想像されることである。私は意外に「近代詩」の源流は、勝海舟あたりにあったのではないかと思っていたが、昨今、江戸時代の詩史研究家のあいだで、享保二十年（一七三五）徳川八代将軍・吉宗の頃、『蕃薯考《ばんしょこう》』を著述した青木昆陽《あおきこんよう》（一六九八〜一七六九）が、幕府の書物奉行のとき阿蘭陀《オランダ》の詩を訳して、これが翻訳詩の嚆矢という説が発表されている。その後、森鴎外（一八六二〜一九二二）によって中国あるいは西欧の訳詩が発表され、なかでもドイツの作家ゲーテの「ミニヨンの歌」などが、鴎外の『水沫集《みなわしゅう》』にあって話題を呼んだ。（この「ミニヨンの歌」は、鴎外の妹である小金井喜美子が訳した、という説もある）このあと、韻文をもとに草創の詩文学を研究した山田美妙《びみょう》（一八六八〜一九一〇）さらに、叙事詩、叙情詩をうたった北村透谷《きたむらとうこく》（一八六八〜九四）につづいて口語自由詩（散文詩）の上田萬年《うえだかずとし》（一八六七〜一九三七）などが出て、詩の世界もすこしずつ形づくられていく中で、島崎藤村《しまざきとうそん》（一八七二〜一九四三）の和文調とでもいうべき、『若菜集《わかなしゅう》』が明治三十年（一八九七）に出版される。その代表作となったのが「初恋」である。

まだあげ初めし前髪の　林檎のもとに見えしとき　前にさしたる花櫛の　花ある君と思ひけり

いまも人々に口遊《くちずさ》まれている、有名な一節である。また、この『若菜集』は「遂に新しき詩歌の時は来たりぬ」とうたい、詩の開花は青年の心を燃やす、恋愛詩の登場であった。ロマン主義的詩風にとどまらず、藤村は小説『破戒』また『夜明け前』などによって文豪的地位を確立。なお、中山道馬籠宿に「藤村記念館」はある。

この島崎藤村と対照的に出てきたのが、土井晩翠《どいばんすい》（一八七一～一九五二）である。晩翠は、仙台の青葉城にあって、明治三十一年（一八九八）これまた有名な「荒城の月」を作詞、豊後竹田市の滝廉太郎が作曲して、不朽の名曲として歌い継がれている。また、翌三十二年（一八九九）には詩集『天地有情《てんちうじょう》』を刊行して、藤村の和文調か、晩翠の漢文調いずれも、それぞれに特徴があって、当時多くの人々に愛され詩壇の高峰を成したものである。ＪＲ仙台駅の前の大通りを少し行くと「晩翠草舎」がある。また藤村、晩翠のあとを競うように明治詩壇を形成した詩人としてその名をあげるならば、横瀬夜雨《よこせやう》（一八七八～一九三四）、河井酔茗《かわいすいめい》（一八七四～一九六五）、伊良子清白《いらこせいはく》（一八七七～一九四六）を挙げねばなるまい。夜雨の民謡調、酔茗の平明な抒情、清白の象徴という各人が持ち味を生かして、夜雨は詩集『夕月』（明治三十二年刊）、酔茗は詩集『無弦弓』（明治三十四年刊）、清白は詩集『孔雀船』（明治三十九年刊）を残した。この間に蒲原有明《かばはらありあけ》（一八七五～一九五二）、社会主義詩人の嚆矢といわれる児玉花外《こだまかがい》（一八七四～一九四三）、さらに日露戦争にあって、明治三十七年（一九〇四）には与謝野晶子《よさのあきこ》（一八七八～一九四二）の「君死にたまふことなかれ」が発表され、センセーションを巻き起こす。晶子は、明治三十四年（一九〇一）与謝野鉄幹（一八七三～一九三五）と結婚、同年、歌集『みだれ髪』を刊行し、自我と性の情熱を謳歌する短歌で名声を高めた上で、旅順攻撃に従軍している弟の無事を祈った一篇は、世間を騒がせたが、この詩が一層の関心をあつめたのは、むしろ戦後（一九四五以降）である。なお、このほかに薄田泣菫《すすきだきゅうきん》（一八七七～一九四五）さらに海外文学の紹介、訳詩集で活躍する上田敏《うえだびん》（一八七四～一九一六）、とくにヨーロッパの象徴詩を集めた詩集『海潮音《かいちょうおん》』は多くの影響を与えた。なかでもポオル・ヴェルレエヌの「落葉」は有名である。

秋の日の　ギオロンの　ためいきの　身にしみて　ひたぶるに　うら悲し

これらに続いて蒲原有明、川路柳虹《かわじりゅうこう》（一八八八～一九五九）そして童謡「赤とんぼ」で著名となった三木露風《みきろふう》（一八八九～一九六四）、さらに北原白秋（一八八五～一九四二）が出るにおよんで白露時代ともいわれるエポックを築いた。三木露風の詩集『廃園』（明治四十二年刊）、北原白秋の詩集『邪宗門』もまた同年に刊行されて競った。両者は前にも述べたように、童謡・民謡といったジャンルに対しても、その抒情の枠を広げて歌っていた。しかし、明治とよばれる四十五年の長い期間は、わが国にとって富国強兵の時代であった。日清・日露の二つの戦争にみられるごとく、外敵から身を守るための士気の昂揚をねらった軍楽そして軍歌、さらに自由民権運動の芽生えにつれて演歌の普及、そのような中から唱歌なるものが生まれ、また舶来文化の輸入から讃美歌、一方では学生歌と称するものまで誕生して、作詞は破綻しかねない状況のまま大正を迎えていった。明治（一八六八～一九一二）は四十五年七月三十日に、改元されて大正となった。そこで登場してきたのが岩野泡鳴《いわのほうめい》（一八七三～一九二〇）で、それまでのロマン主義や自然主義に、あるいは象徴主義等に訣別して、神秘的半獣主義をとなえたが、詩から散文へと走っていき、ついで永《なが》井荷風《いかふう》（一八七九～一九五九）は、さきの上田敏の『海潮音』にならって、翻訳詩を集めた詩集『珊瑚集《さんごしゅう》』を大正二年（一九一三）に刊行する。荷風は、米国ならびにフランスに留学した後、散文（小説）の道に入った。かくして高村光太郎《たかむらこうたろう》（一八八三～一九五六）の詩集『道程』が、大正三年（一九一四）に、また山村暮鳥《やまむらぼちょう》（一八八四～一九二四）の詩集『聖三稜玻璃《せいさんりょうはり》』が大正四年（一九一五）に刊行されている。（高村光太郎の有名な『智恵子抄』は昭和十六年（一九四一）の刊行である）このように、大正詩は新たな詩人を生みつつ発展を続ける中で、室生犀星《むろうさいせい》（一八八九～一九六二）と萩原朔太郎《はぎわらさくたろう》（一八八六～一九四二）という、二人の大鉱脈に出合う。犀星は、大正七年（一九一八）に詩集『愛の詩集』つづいて『抒情小曲集』を刊行して、その地位を不動のものとし、朔太郎もまた『月に吠える』を刊行する。

二人は全く正反対の性格でありながら、詩誌「卓上噴水」続いて「感情」を出して、自然主義、リアリズムは勿論、当時詩壇を牛耳っていた象徴詩派に対して、それこそ感情をむきだしにして反発していった。新しい詩歌の源泉は感情による、と論陣を張る。のちに感情詩派と呼ばれる所以は、このあたりからであろう。

あたらしい詩への胎動は、千家元麿《せんげもとまろ》（一八八八～一九四八）、さらに木下杢太郎《きのしたもくたろう》（一八八五～一九四五）、村山槐多《むらやまかいた》（一八九六～一九一九）、佐藤惣之助《さとうそうのすけ》（一八九〇～一九四二）、佐藤春夫《さとうはるお》（一八九二～一九六四）と続いていく。佐藤惣之助は、歌謡の作詞で名を売り、「青い背広で」「人生劇場」などは、今も懐メロで唄われており、佐藤春夫の詩『秋刀魚《さんま》の歌』は、庶民の歌として人々に膾炙されている。このような状況のなかにあって、ここ中部日本の地方における詩運動は、春山行夫《はるやまゆきお》（一九〇二～九四）、さらに井口蕉花《いぐちしょうか》（一八九六～一九二四）の詩誌「赤い花」、さらに稲川勝次郎（のちに敬高）、高木斐瑳雄《たかぎひさお》（一八九九～一九五三）の詩誌「角笛」がそれぞれ大正十年（一九二一）に生まれ、この二誌が合併して「青騎士」が創刊されることとなった。「角笛」の前身は「金の盞」で、大正九年（一九二〇）の創刊という。また、これより少し前には伴野憲（一九〇三～九二）、中山伸（一九〇三～九一）によって感動詩社が興され、詩歌誌「曼珠沙華」が刊行されており、この両名も後に高木斐瑳雄と組むことになるが、当時、名古屋では短歌が盛んで、曼珠沙華また短歌を主においた、と伝えられている。また佐藤一英《さとういちえい》（一八九九〜一九七九）は、早稲田大学に在学中であって、吉田一穂《よしだいっすい》（一八九八〜一九七三）と知り合い、福士幸次郎らと詩誌「楽園」を創刊、「青騎士」第二号から参加している。「青騎士」は井口蕉花を中心に高木斐瑳雄、三浦富治、稲川勝次郎、齋藤光次郎、春山行夫、後に佐藤惣之助、近藤東《こんどうあずま》などを加えて、大正十一年（一九二二）から同十三年（一九二四）にいたる期間で十五号を発刊し、井口蕉花が大正十三年四月十八日に逝去したため「青騎士」という誌名は、彼に献ずることとなって終刊した。

三木露風は弔辞のなかで、「破れやすい葉をもった芭蕉に因んだ、筆名を持つ君の夭折は、さすがに儚い」と述べている。（私事になるが、この「青騎士」の詩誌に私の古里である岐阜県多治見市の、しかも私の家と目と鼻の先にある鵜飼選吉（一九〇五〜六七）が第十二号（大正十二年十月五日発行）から作品を寄せていることがわかった。私の家は多治見市奥川町で、おそらく道をへだてて向かい合っていたと思われる。因みに私は同年の一月一日にそこで生まれている。家は久野屋製菓所を名乗っていた。）

象徴詩が行き詰まり、萩原朔太郎、室生犀星らの感情詩派が、そして自由口語詩が台頭するなかで、大正十年には平戸廉吉による「日本未来派宣言」次いで大正十一年には、高橋新吉の詩集『ダダイスト新吉の詩』が刊行され、翌十二年にはアナーキスト（無政府主義者）の岡本潤、萩原恭次郎の詩誌「赤と黒」が出版され、革命的な高揚を叫び、詩は爆弾であるとまでいわしめ、大正十四年には萩原恭次郎の詩集『死刑宣告』が刊行されて、前衛詩運動の先駆的役割を果たすこととなる。

しかし、このような詩運動のなかにあって、宮澤賢治（一八九六〜一九三三）の詩集『春の修羅』、吉田一穂の詩集『海の聖母』が大正十三年、十五年とつづいて出版された。（詩集『海の聖母』の装丁を亀山巌が描いている）さきに述べたように、詩誌「青騎士」の中心人物であった井口蕉花の死によって幕を閉じる、と春山行夫は大正十三年に詩集『月の出る町』を地上社から出版して上京する。

そして、昭和初期における詩芸術運動を、詩誌「詩と詩論」によって展開する。モダニズムの新詩運動とも呼ばれ、その中心に春山行夫はあった。それは昭和の詩壇に新しい息吹きをもたらすものと言ってよい。大正十二年に起きた関東大震災は、わが国を震撼させたばかりではなく、詩の世界においても次の新時代ともいうべき昭和詩への、夜明けを告げたのである。

大正は十五年で終わった。

（『中部日本の詩人たち』より抜粋）

五　歌詞

明宝・するすみ《磨墨》の歌

作詞　久野　治
補作　梶原　拓
作曲　かとうゆきこ
唄　吉村　健治

一、郡上《ぐじょう》　八幡《はちまん》　唄《うた》で持《も》つ
夜空《よぞら》を　焦《こ》がす　歌垣《うたがき》は
名馬《めいば》　するすみ《磨墨》　偲《しの》ぶごと
祭《まつ》り囃子《ばやし》は　にぎやかに
今宵《こよい》は　月《つき》も　踊《おど》らっせ

二、明宝《めいほう》　気良《けら》は　馬《うま》どころ
自然《しぜん》の　恵《めぐ》み　駒《こま》そだつ
中《なか》でも　秀《ひい》でし　磨墨《するすみ》は
鼻《はな》すじ　通《とお》りて　黒《くろ》ひかる
鎌倉《かまくら》　どのに　召《め》されけり

三、折《おり》しも　いくさは　宇治川《うじかわ》ぞ
景季《かげすえ》　するすみ　賜《たま》われば
手綱《たづな》を　とりて　先陣《せんじん》を
佐々木《ささき》と　競《きそ》う　勇《いさ》ましさ
いまに　伝《つた》わる　物語《ものがたり》

四、源氏《げんじ》の　天下《てんか》　短《みじ》かくて
景時《かげとき》　倒《たお》す　風立《かぜた》てば
夕日《ゆうひ》　無《な》し山《やま》　無念《むねん》なり
心《こころ》　つよきぞ　おスミどの
豊丸《とよまる》　抱《いだ》きて　落《お》ちのびる

五、尾張《おわり》　羽黒《はぐろ》は　興禅寺《こうぜんじ》
おスミの　方《かた》を　かたわらに
磨墨《するすみ》　塚《つか》の　香《こう》たえず
唄《うた》い　つがれる　愛《いと》しさよ
明宝《めいほう》　するすみ　忘《わす》れめや

明宝・するすみの歌

詞：久野　治 ©
曲：かとうゆきこ ©

ぐじょうはちまん　うたでもつ　よぞらをこがす
うたがきは　めいばするすみ　しのぶごと
まつーり　ばやしーは　にぎやーかー　に
こよいはつきも　おどらっー　せ　ー

淡墨《うすずみ》ざくらの歌

作詞　久野　治
作曲　かとうゆきこ
唄　　唄つむぎ和音

一、岐阜は木の国　山の国
　水また　清き　国なれば
　　木曾に　長良に　また揖斐ぞ
　　誇れる　ものの　多きなか
　千代に　八千代に　名を残す
　淡墨　ざくら　春を待つ

二、越中　美濃の　国さかい
　根尾の　里びと　いとしさに
　　けいたい　天皇　お手植えの
　　さくら木　残して　発たれけり
　樹齢　いまに　千五百
　淡墨　ざくら　春をよぶ

継体《けいたい》天皇おうた
「身の代と　遺す桜は　薄住《うすずみ》よ
　千代に其の名を　栄盛《さか》へ止むる」

三、雪に　埋もれて　幹傷め
　風に　たたかれ　枝を折り
　　長き　年月　耐えたれば
　　根つぎ　重ねる　村人の
　あつき　心に　まもられて
　淡墨　ざくら　咲きにけり

四、うす墨　色の　ゆかしさを
　空に　広げる　花びらは
　　いのち　短き　春なれど
　　しあわせ　呼ぶごと　また平和
　願いて　きようも　咲けるなり
　淡墨　ざくら　ありがとう
　　淡墨　ざくら　ありがとう

淡墨ざくらの歌

詞：久野　治
曲：かとうゆきこ

宇野千代さくら唄

作詞　久野　治
作曲　かとうゆきこ
唄　唄つむぎ 和音

一、明治　生まれの　女（ひと）にして
閨秀《けいしゅう》　作家の『色ざんげ』
ロマン　えがけば　自《おの》ずから
夢また　多き　才女《さいじょ》なり

二、浅き　浮名《うきな》も　かにかくに
『人生　劇場』　名も売れし
作家　尾崎　士郎との
愛の　炎《ほのお》を　燃やしけり

三、年は　移りて　国の花
さくらの　花に　魅《み》せられて
めぐり　出会うは　美濃の国
淡墨《うすずみ》　ざくら　根尾の里

四、樹齢《じゅれい》　数えて　千五百
幹を　傷める　古木にて
千代の　呼びかけ　村あげて
根継《ねっ》ぎに　力　合わすなり

五、いま　ひとたびの　花万朶《はなばんだ》
春を　迎えて　よみがえる
風に　ささやく　花びらは
いのち　称《たた》える　喜びぞ

繰り返し
淡墨ざくら　咲きにけり
淡墨ざくら　咲きにけり

「注」宇野千代は（一八九七～一九八六（明治三十年～昭和六十一年）山口県に生まれ、岩国高女卒で小説『おはん』により野間文芸賞。『幸福』その他により女流文学賞を受賞し、日本芸術院会員となる。代表作は『色ざんげ』で、淡墨ざくらの発掘者としても知られる。

宇野千代さくら唄

作詞：久野　治
作曲：かとうゆきこ

C　Em　Am　F　Em　Dm　G
めいじうまれの　ひとにして　けいしゅうさっかの　いろざんげ
C　Em　F　Em　Dm7　C　Am
ロマンえがけば　おのーずから　ゆめー　またー
Dm7　Ddim　Am　F　G7　C
おおきさー　いーーじょーなーり

羽黒城址《はぐろじょうし》にて

作詞　久野　治
作曲　かとうゆきこ

一、秋かぜ　そよぐ　竹林に
　耳を　立てれば　聞こえくる
もののふ　どもの　鬨《とき》のこえ
　羽黒　城あと　堀いまに
空ゆく　雁《かり》も　声かなし

二、遠きは　鎌倉　本體《ほんたい》の
　武士と　うたわる　梶原《かじわら》は
平三《へいざ》　景時《かげとき》　建てし寺
　妙国《みょうこく》　山《さん》は　興禅寺
昔を　かたる　五輪塔

三、小牧　長久手　合戦《かっせん》の
　いくさに　出合う　一豊《かずとよ》が
千代《ちよ》と　まもれる　羽黒城
　武勇の　誉《ほま》れは　野呂助左《のろすけざ》
あっぱれ　父子《おやこ》　名を残す

梶原景時のうた

もののふの　覚悟《かくご》もかかる　時にこそ
心の知らぬ　名のみ　惜《お》しけれ

四、竹林《ちくりん》　暮れて　虫鳴きぬ
　空にゃ　うっすら　秋の月
上《のぼ》れば　誰《た》が吹く　笛さみし
　歴史を　かたる　羽黒城
秋も　半《なか》ばを　過ぎにけり

羽黒城址にて

作詞：久野　治
作曲：かとうゆきこ

(1494～1556)

道三口説《くど》き

作詞　久野　治
作曲・唄　吉田和美

一、油売《あぶらう》りから　身をおこし
美濃《みの》の土岐氏《ときし》に　取り入れば
はやくも国盗《くにと》り　狙うなり

二、土岐は桔梗《ききょう》の　紋どころ
花は散るのを　待つべきか
大桑《おおが》の城攻め　主《ぬし》を討つ

三、道三《どうさん》見立《みた》ての　信長は
田楽狭間《でんがくはざま》で　義元を
討って天晴《あっぱ》れ　天下布武

四、美濃と尾張は　隣ぐに
馬の嘶《いなな》き　聞こえしや
奇蝶《きちょう》十五で　嫁支度

五、美濃は山ぐに　水の国
月出ぬ夜は　鵜飼船《うかいぶね》
川面《かわも》の篝火《かがりび》　燃ゆるなり

六、土岐の血を継ぐ　義龍《よしたつ》を
井の口城主に　据えたれど
道三なぜか　気が合わぬ

七、父の扱い　冷たしと
義龍先手《せんて》を　打ちにける
弟ふたりは　騙し討ち

八、堪《たま》りかねたる　道三は
義龍討つべく　笛吹けど
手兵僅《てへいわず》かに　二千なり

九、此処《ここ》にて道三　死を覚悟
美濃は奇蝶《きちょう》の　婿殿へ
遺言したため　出陣す

十、春は四月も　半ば過ぎ
金華《きんか》の山すそ　花吹雪く
父子《おやこ》の決戦　勝負あり

十一、長良《ながら》の川べり　せせらぎを
枕でねむる　道三塚
今日も涙の　雨が降る

道三口説き

作詞　　久野 治
歌・作曲　吉田和美

Dm Dm Am Dm Am
あ ー ぶ ら う り か ら み を お こ し
Dm Dm Am Dm Am
み ー の の と き し に と り い れ ば
E7 Am Dm E7 Am
は や く も く に と り ね ら う な り

竹中半兵衛のうた

作詞　久野　治
作曲　かとうゆきこ

一、美濃は　垂井《たるい》の　生まれにて
年少《ねんしょう》　既に　才気《さいき》満つ
二十歳《はたち》の　ときの　稲葉城
乗っとる　策は　天っ晴れぞ

二、おりしも　尾張は　清須城
若き　大将　信長は
今川　義元　破りたり
続いて　攻むるは　美濃まむし

三、信長　半兵衛　旗下《きか》とせむ
されども　仕官は　拒《こば》みたり
軍師の　兵法　栗原の
山に　籠りて　学ぶかな

四、非凡の　戦略　類《たぐ》いなき
半兵衛　求める　秀吉は
膝折《ひざお》り　願うは　知恵貸せと
熱き　思いに　迎えらる

五、ときは　朝倉　浅井との
姉川　合戦　目の前ぞ
心　動くか　半兵衛は
山をば　下りて　秀吉陣

六、次ぎは　播磨《はりま》(兵庫県)の　三木攻めぞ
戦《いくさ》に　勝てど　半兵衛は
病に　克《か》てず　花ならば
五分とは　いわめ　三十六

七、右に　半兵衛　また官兵衛
二兵衛《にへえ》の　知恵に　めぐまれて
千成《せんなり》　瓢箪《ひょうたん》　天下びと
半兵衛　恋しと　唄うなり

竹中半兵衛のうた

作詞：久野　治
作曲：かとうゆきこ

み の は た る い の　う ま れ に て　ねん し ょ う　す で に
さ い き み つ　は た ち の　と き の　い な ば じょ う
のっ　と る　さ く は　あ っ ぱ れ ぞ

たじみ市民の歌

桔梗が咲いた

―少し童謡風に―

作詞　久野　治
作曲　神保　有紀

一、咲いた　咲いたよ
桔梗が咲いた
秋の初めに　並んで咲いた
虎渓の山道　右ひだり
ふん　りん　かん　と
数えたよ

二、咲いた　咲いたよ
桔梗が咲いた
土岐の川原で　ひそかに咲いた
去年もここで　咲いたっけ
色はやさしい
濃むらさき

三、咲いた　咲いたよ
桔梗が咲いた
まちの花とは　知らずに咲いた
風もないのに　揺れている
誰かを呼ぶごと
咲いている
誰かを呼ぶごと
咲いている

「注」平成八年（一九九六）八月三日、多治見市民ホールにおいて、公開発表会が催され、入選10篇の中から投票により、グランプリ（Grand Prix）となり選ばれました。

以降、メロディー（melody）は夕刻（五時～六時）を知らせるチャイム（chime）として毎日、市内放送されておりま す。私は多治見市を去りましたが、ウタは残っております。

桔梗が咲いた

作詞　久野　治
作曲　神保　有紀

C /Am F /G7
さいたさいたよ　ききょうがさいた
C /Am7 D7 /G7
あきの　はじめに　ならんでさいた
F /C D7 /G7
こけいの　やまみち　みぎひだり
F /C
ふん りん かん と
Dm7 G7 /C
かぞえたよ

長良川鵜飼うた

作詞　久野 治
作曲　かとうゆきこ

面白《おもしろ》うて　やがてかなしき　鵜舟《うぶね》かな

松尾芭蕉

一、長良《ながら》の　夕べ　日は沈み
薄《うす》　むらさきの　狭霧《さぎり》立《た》つ
ときに　篝火《かがりび》　川下《かわくだ》り
鵜舟　今宵も　出陣す

二、烏帽子《えぼし》　腰蓑《こしみの》　出《いで》たちは
世襲　すぎ山　誉れなり
鵜匠《うしょう》　舳先《へさき》で　仁王立《におうだ》ち
握る　手綱《たづな》は　十二本

三、猛《たけ》き　鵜どもを　宥《なだ》めつつ
いくさ場《ば》　此処と　定めなば
満をば　持《じ》せる　鵜飼船《うかいぶね》
舷側《げんそく》　叩くは　船子《ふなこ》なり

四、いざや　決戦　一斉《いっせい》に
水に　潜れる　勇ましさ
鵜匠《うしょう》の　手捌《てさば》き　鮮やかに
篝火　いよよ　燃えにける

五、鵜飼の　見せ場　総がらみ
背《せ》に　喝采　受けながら
鮎をば　捕《と》らう　鵜の姿
夏の夜　焦《こ》がす　絵巻《えまき》なり

長良川鵜飼うた

作詞　久野　治
作曲　かとうゆきこ

な　が　ら　の　ー　ゆ　う　べ　ひ　は　ー
し　ー　ず　ー　み　う　す　む　ら　ー　さ　ー　き　ー　の
さ　ぎ　ー　り　ー　ー　た　つ　と　き　ー　に
か　が　ー　り　ー　び　か　わ　ー　く　だ　ー　り
う　ぶ　ね　こ　よ　い　ー　も　しゅ　つ　じ　ー　ん　ー　す

青年・信長のうた

作詞 久野 治
作曲・唄 吉田和美

（1534〜1582）

一、長良《ながら》のせせらぎ　裾《すそ》なして
稲葉《いなば》　山城《やましろ》　主《ぬし》を待つ
道三《どうさん》　見立ての　信長は
駿河の　今川《いまがわ》　義元《よしもと》を
破りて　天っ晴れ　桶狭間《おけはざま》

二、清須《きよす》　小牧《こまき》を　あとにして
空に　雲飛《くもと》ぶ　金華山《きんかざん》
楽市《らくいち》　楽座《らくざ》　にぎやかに
井《い》の口《くち》　岐阜《ぎふ》と　改めり
青年　信長　若き眉

三、朝倉《あさくら》　浅井《あざい》を　姉川《あねがわ》で
倒せば　靡《なび》く　「天下布武」
京都《みやこ》を　指呼《しこ》に　すすむ駒
琵琶湖《びわこ》に　写《うつ》す　安土城《あづちじょう》
荘厳《そうごん》　華麗《かれい》の　勇姿なり

四、天下　統一　目の前に
風雲　俄かに　湧くるかな
謀反に　燃ゆる　本能寺
信長　不覚　火がつつむ
無念の　炎《ほのお》　空焦《そらこ》がす
無念の　炎　空焦がす

青年・信長のうた

作詞　　久野 治
歌・作曲　吉田和美

Am Dm Dm E7
な が ら の せ せ ら ぎ す そ な し て
Dm Dm Dm E7
い ー な ば や ま し ろ ぬ し を ま つ
Am E7 Am Am E7
ど う さ ん み た ー て の の ぶ な が は
Dm Dm Dm E7
す る が の ー い ま か わ よ し も と を
Am E7 Am Em Am
や ぶ り て あ ー っ ぱ れ お け は ざ ま

多治見小唄

作詞　久野　治
作曲　かとうゆきこ

一、ハアー　春はうれしや　桜がまねく
陶都多治見《とうとたじみ》は　美濃焼《みのや》きまつり
分《ふん》・厘《りん》・貫《かん》の　声がとぶ　声がとぶ
ソーレ　ソレ　ソレ　声がとぶ

二、ハアー　町の背中を　土岐川《ときかわ》はしる
ゆう（ん）べの雨に　若鮎《わかあゆ》のぼる
橋のたもとは　やなぎ風　やなぎ風
ソーレ　ソレ　ソレ　やなぎ風

三、ハー　夏の夜空は　花火が焦がす
団扇《うちわ》かたてに　そろいの浴衣《ゆかた》
誰を待つやら　待たすやら　待たすやら
ソーレ　ソレ　ソレ　待たすやら

四、ハアー　秋の土岐川　微風《そよかぜ》ゆらぐ
堤《つつみ》あるきは　あしたに夕べ
桔梗《ききょう》むらさき　花も咲く　花も咲く
ソーレ　ソレ　ソレ　花も咲く

五、ハアー　古渓《こけい》よいとこ　紅葉《もみじ》は見頃
夢窓国師《むそうこくし》が　きずいた池は
此岸《しがん》・彼岸《ひがん》の　無際橋《むさいばし》　無際橋
ソーレ　ソレ　ソレ　無際橋

六、ハアー　鐘が鳴ります　修道院の
あかい屋根には　とんがり帽子
ぶどう摘む唄　にぎやかに　にぎやかに
ソーレ　ソレ　ソレ　にぎやかに

七、ハアー　内津峠《うつつとうげ》で　瀬《せ》の音《おと》きけば
虫が鳴きます　久々利《くくり》は　遙《はる》か
空にゃぽっかり　月も出る
ソーレ　ソレ　ソレ　月も出る

八、ハアー　絵筆とる手も　休めて仰ぐ
秋の白山《はくさん》　雲間《くもま》の奥で
顔を見せたり　かくしたり　かくしたり
ソーレ　ソレ　ソレ　かくしたり

九、ハアー　道は十九か　中央道
きみとぼくとの　ドライブコース
おんたけ恵那山《えなさん》　薄化粧　薄化粧
ソーレ　ソレ　ソレ　薄化粧

一〇、ハアー　山の煙は　志野焼く窯か
登り窯なら　織部じゃないか
雅陶美濃焼《がとうみのや》き　日本一《にほんいち》　日本一
ソーレ　ソレ　ソレ　日本一

多治見小唄

詞：久野 治
曲：かとうゆきこ

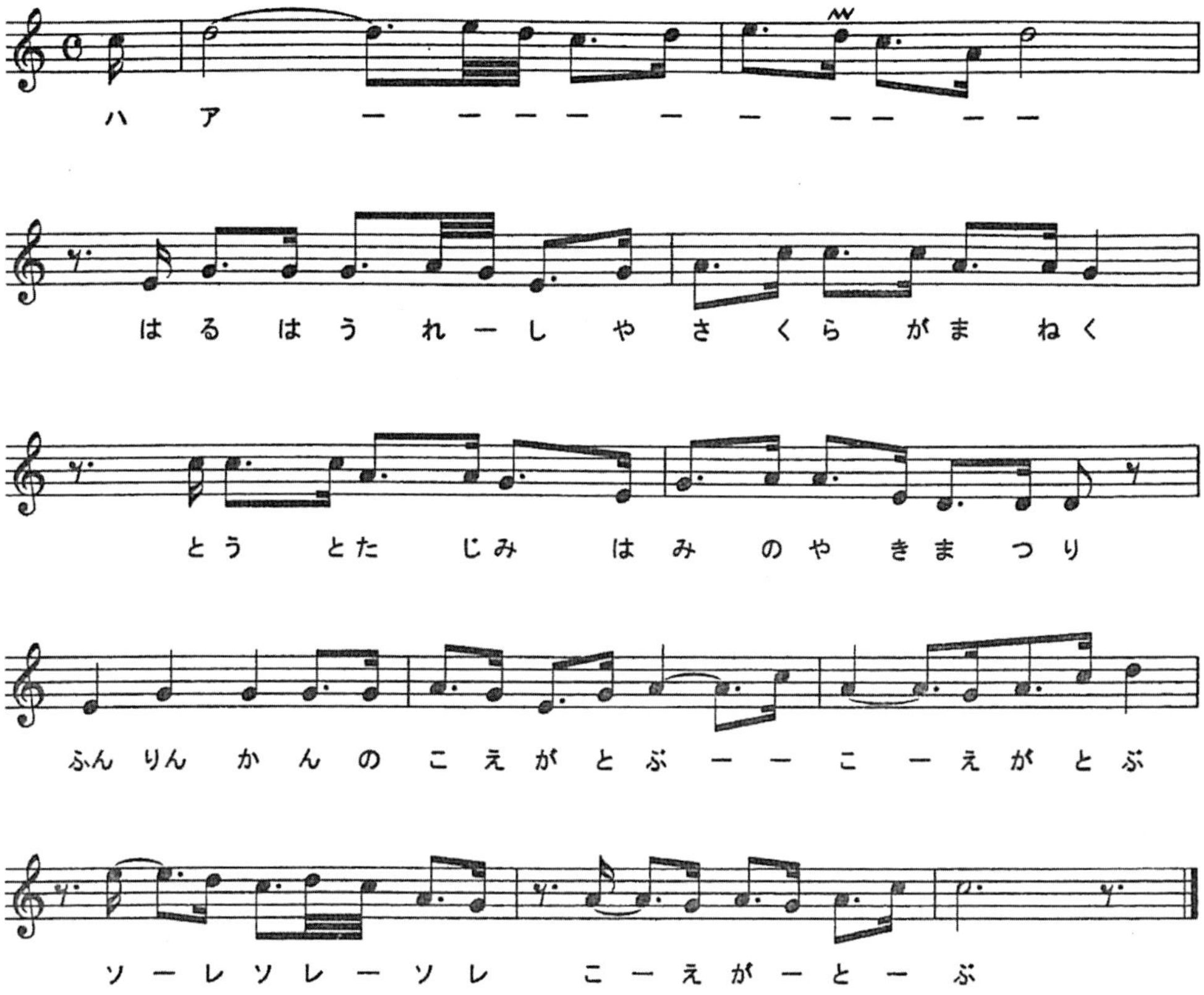
ハ ア ー ー ー ー ー ー ー ー ー ー ー
は る は う れ ー し や さ く ら が ま ね く
と う と た じ み は み の や き ま つ り
ふん りん か ん の こ え が と ぶ ー ー こ ー え が と ぶ
ソ ー レ ソ レ ー ソ レ こ ー え が ー と ー ぶ

中山道恋歌

——皇女和宮様ご降嫁を偲びて——

作詞　久野　治
作曲・唄　マキ奈尾美（カタール国大使夫人）

皇女和宮様のお歌

落ちてゆく　身と知りながら　もみじ葉の
人なつかしく　焦がれこそすれ

住みなれし　都路出でて　今日幾日
急ぐもつらき　あずまじの旅

宿りする　里はいずこぞ　峰越えて
行けども深き　木曽の山みち

惜しましな　君と民との　ためならば
身は武蔵野の　露と消ゆとも

一、京の　都に　別れを　惜しみ
今須　これより　中山道
関ヶ原では　不憫《ふびん》の　涙
垂井　赤坂　時雨《しぐれ》けり

二、美江寺　は柿よ　河渡《こうど》は紅葉
和　宮様　駕籠の旅
加納《かのう》　鵜沼《うぬま》に　おんさい　太田
渡し　の舟は　花筏

三、うとう　峠は　一里の　塚で
駕籠も　風入れ　一休み
伏見　御嶽《おんたけ》と　細久手　険《けわ》し
馬も　辛かろ　石畳

四、大湫《おおくて》　過ぎれば　大井の　宿か
秋は　日短　中津川
明日は　落合　「是より　木曽路」
御岳　さんも　薄化粧

五、京の　都に　別れを　惜しみ
誰が　名付けた　姫街道
秋は　さびしや　美濃路の　旅よ
和　宮様　駕籠の旅

「注」本篇は岐阜県「サラマンカ音楽ホール」で公開発表いたしましたが、作曲者との著作権料のことで、ただいまは発表できません。

阿国と山三

作詞　久野　治

一、銀杏《いちょう》　前髪　辻《つじ》が花《はな》
　胸にひかるは　クルス様
　阿国《おくに》踊りに　欠かせぬものは
　男いなせの　山三《さんざ》どの

二、元《もと》をただせば　槍使《やりつか》い
　小姓あがりと　巫女《みこ》の出が
　四条河原《しじょうかわら》で　バサラの踊り
　傾《かぶ》き芝居と　はやされる

三、女形《おやま》　山三の　艶《あで》すがた
　男《おとこ》装《な》りする　阿国にて
　ときは桃山　黄金《こがね》の春を
　阿国歌舞伎は　いろどれり

四、天下《てんか》　一《いち》なる　旗かかげ
　旅するときに　噂《うわさ》たつ
　恋の鞘当《さやあ》て　逃げるが勝と
　山三　武士へと　戻りたり

五、召《め》されし　槍は　五千石
　関ヶ原では　功《こう》あげる
　男冥利《おとこみょうり》を　井戸宇右衛門に
　怨《うら》みを買って　討《う》たれけり

六、山三　偲べば　涙落《なみだお》つ
　落つる涙は　客呼びて
　阿国歌舞伎《おくにかぶき》は　いついつまでも
　天下一なる　名を残す

雪の無際橋

作詞　久野　治
作曲　かとうゆきこ

一、雪《ゆき》積《つ》む　池の　無際橋《むさいばし》
此岸《しがん》と　彼岸《ひがん》を　むすぶ橋《はし》
朝月《あさつき》　うすく　架《か》かれども
吹《ふ》きゆく　風《かぜ》は　泣《な》くがごと

二、庇《ひさし》に　重《おも》き　雪《ゆき》載《の》せて
開山《かいざん》　堂《どう》は　真白《ましろ》なり
夢窓《むそう》　国師《こくし》も　その昔《むかし》
雪《ゆき》降《ふ》る　街《まち》に　立《た》たれたり

三、心字《しんじ》が　池《いけ》の　水凍《みずこお》り
巌《いわお》の　滝音《たきおと》　絶《た》えたれど
鐘《かね》鳴《な》り　ひびく　永保寺《えいほうじ》
春呼《はるよ》ぶ　声《こえ》に　聞《き》こえしや

雪の無際橋

作詞：久野　治
作曲：かとうゆきこ

Gm D Gm Cm Am7 D
ゆき　ーつむ　いーけ　のむ　さー　いーー　ばーー　し
Gm D Gm Am7/C Gm/D Cm D7 Gm
しがー　んと　ひがん　をーー　むーー　すぶ　はーー　し
Cm Am7 D Gm Cm D7
あさつ　き　うーす　くか　か　れど　も　ー
Gm Cm Am7 D Gm Cm D7 Gm
ふきゆ　くーー　かぜー　はなー　く　が　ごーー　と

アクティバ琵琶のうた

作詞　久野　治
作曲　かとうゆきこ

一、比叡　比良山　背にして
そよ風　やさし　琵琶湖畔
小鳥　目ざめて　さえずれば
アクティバ　琵琶に　日は昇る

二、此処は　大津市　雄琴なり
いで湯　豊かに　湧くところ
医・食・遊の　余生いま
アクティバ　琵琶で　楽しまん

三、近江　八景　春は花
夏は　花火か　秋もみじ
月見る　夜なが　冬は雪
アクティバ　琵琶の　四季うれし

四、夕浪　千鳥　波の間に
ヨシの　葉ずれか　泊り火か
人の　さだめは　様ざまに
アクティバ　琵琶で　しあわせに

アクティバ琵琶の歌

作詞：久野　治
曲　：かとうゆきこ

びわ湖一周のうた

作詞　久野　治
補作　水野逸夫
作曲・唄　塩川剛史

一、びわ湖は　優し　母のごと
比叡　比良山　父なれば
われは　湖《うみ》の子　さざなみの
蘆辺《あしべ》に　あそぶ　親子鴨

二、皇子の　山を　振りだしに
三井の　晩鐘　なつかしく
誰が　撞くのか　鐘の音
背にして　われは　駆けるなり

三、古都と　よばれし　大津京
過ぎれば　見上げる　大鳥居
近江　神宮に　手を合わせ
往路の　無事を　祈るかな

四、夜雨《やう》で　名高い　唐崎《からさき》を
休む　ことなく　坂本へ
比叡の　山への　登り口
つぎは　温泉　雄琴なり

五、湯けむり　あとに　浮御堂《うきみどう》
湖上《こじょう》の　仏閣　めずらしく
堅田《かただ》は　落雁《らくがん》　舞いおりて
びわこ　大橋　歩もゆるむ

六、小野の　道風《とうふう》　また妹子《いもこ》
その名も　ゆかしき　町過ぎて
和邇《わに》に　入れば　権現山
近くに　仰ぎて　蓬莱へ

七、滋賀の　夕ぐれ　比良の雪
雄松《おまつ》が　白汀《はくてい》　涼風《すずかぜ》か
さざ波　寄せる　浜なれば
白砂《はくさ》　青松《せいしょう》　字の如し

八、ヨシの　葉ずれの　囁きも
舞子　すぎれば　北小松
白髭　神社の　赤鳥居
湖岸に　ありて　清《すが》すがし

九、近江　高嶋　安曇川《あどかわ》や
新旭　過ぎれば　今津なり
此処より　渡るは　竹生島《ちくうじま》
詣でる　人も　和やかに

十、湖上の　風の　爽やかさ
名残り　惜しみて　中庄を
マキノ　永原　あとにせば
海津　大崎　さくら咲く

十一、花の　名所を　楽しめば
近江　塩津か　余呉の湖
七本　槍の　名はいまに
賤ヶ　岳なり　古戦場

十二、強者《つわもの》　どもの　戦《いくさ》あと
訪ねる　ことなく　木の本へ
高月　河毛と　過ぎゆけば
小高き　丘は　小谷城

十三、浅井家　滅びの　跡かなし
虎姫　次ぎなる　姉川は
朝倉　浅井が　夢のあと
秀吉　出世の　長浜城

十四、湖畔に　誇れる　勇姿なり
城下の　黒壁　後にして
田村　坂田か　米原《まいばら》ぞ
彦根の　城は　井伊殿か

十五、河瀬　稲枝　能登川《のとかわ》と
くれば　安土《あづち》は　その昔
天下　布武なる　旗なびき
荘厳　華麗の　安土城

十六、信長　悲運　本能寺
光秀　謀反に　仆れたり
見返す　城址に　足鈍る
近江　八幡　篠原へ

十七、野洲《やす》にて　見上ぐ　三上山
近江　富士とも　呼ばれけり
矢橋《やばせ》の　帰帆は　広重画
守山　栗東《りっとう》　馬育つ

十八、草津は　宿場　本陣の
跡をば　訪ねて　瀬田に入る
唐橋《からはし》　渡れば　夕焼けか
茜に　染まる　擬宝珠《ぎぼし》かな

十九、石山　寺は　秋の月
上《のぼ》る　その日に　会わねども
紫　式部　筆とりて
記《しる》すは　源氏の　物語

二十、粟津は　騒《さわが》し　青嵐《せいらん》か
膳所《ぜぜ》の　城あと　後にして
駆る　終わりは　浜大津
滋賀の　至宝は　琵琶湖なり

「注」私の「びわ湖一周のうた」全二十章が、優秀作品にえらばれ、平成三十年（二〇一八）十月八日、大津市の「びわ湖ホール」で発表しました。

作曲と唄は名古屋市で「ベリー・メリー・ミュージック」の名古屋代表である、塩川剛史氏が自ら、作曲したものに、自ら唄って聞いてもらいました。

久野 治のあゆみ

1923～2023

元号	大正十二年	十三年	十四年	十五年 昭和元年	二年	三年	四年	五年	六年	七年	八年	九年	十年
西暦	1923	1924	1925	1926	1927	1928	1929	1930	1931	1932	1933	1934	1935
	1/1 多治見市奥川町で生れる			12/25 昭和と改元	名古屋市東区茂佐裏八三の二 → 名古屋市へ移住する 千種区若水町１の65								
								名古屋市東区池内尋常小学校に入る（１年生）	（2年生）	（3年生）	（4年生）	名古屋市東区高見尋常小学校へ転校（5年生）	（6年生） 名古屋市東区田代尋常小学校高等科へ入る（１年生）
年齢	0	1	2	3	4	5	6	7	8	9	10	11	12

昭和											
	(日中戦争1937年)				(太平洋戦争1941年)						
十一年	十二年	十三年	十四年	十五年	十六年	十七年	十八年	十九年	二十年	二十一年	二十二年
1936	1937	1938	1939	1940	1941	1942	1943	1944	1945	1946	1947
名古屋新聞(中日新聞)「漫画賞」を受賞する	三菱電機㈱名古屋製作所へ入社	見習工1~4年40%賃上げ要求 満額カクトク			12/8 太平洋戦争へ		徴兵検査(甲種合格)海軍	1/10 兵役	終戦 兵役	復員復社 3/26	結婚資金要求 ベース5000円のとき 9000円カクトク 青年部長
	兵器←電動工具←ドリル										
(2年生)	短歌誌「武都紀」浅野梨郷 依田秋圃に師事する 樹海 右卒業する				「天道祭」の詩人・高木斐瑳雄に師事する	「聯詩」の詩人・佐藤一英に師事する		1/10 大竹海兵団→防府通信学校(第69期生)→比島行 11/3出撃	台湾(基隆→左営→ガランピィ→高雄→内惟→鳳山)		全国組織として 青年部会議 結成 書記長となる
13	14	15	16	17	18	19	20	21	22	23	24

昭和													
三十六年	三十五年	三十四年	三十三年	三十二年	三十一年	三十年	二十九年	二十八年	二十七年	二十六年	二十五年	二十四年	二十三年
1961	1960	1959	1958	1957	1956	1955	1954	1953	1952	1951	1950	1949	1948
		9/26 伊勢湾台風					愛知県地方労働委員		終身企業年金のカクトク	組織の単一化めざす		越年闘争（敗北）	本部中斗として上京
現場復帰（家庭電器工場）機械職長					本部組織部長		書記長			本部組織部長		書記長	副組合長
		7/18 長男、孝 生まれる			条解『労働協約書の解説』刊行		単一化完成	電機労連の結成 （住居新築）	10/1 長女・宏子 生まれる	12/25 結婚			
38	37	36	35	34	33	32	31	30	29	28	27	26	25

昭和												
三十七年	三十八年	三十九年	四十年	四十一年	四十二年	四十三年	四十四年	四十五年	四十六年	四十七年	四十八年	四十九年
1962	1963	1964	1965	1966	1967	1968	1969	1970	1971	1972	1973	1974
週休二日制実現（第一、第三土曜休日）		東京オリンピック IMF・JC東海地連結成初代議長	愛知県地方労働委員				ヨーロッパ視察30日間	アジア視察	アジア視察	アメリカ視察30日間	アジア視察	JC200万組織達成（東京）
		名古屋支部執行委員長		本部副委員長	IMF-JC（金属労協）事務局次長（オルガナイザー）							
		エレベーター エスカレーター 工場・稲沢市へ1500名 全員移動を提案→実現	7/23～9/15 国務省招請による労働事情視察 アメリカ、カナダ50日間	❶『実感的アメリカ紀行 ―労働者の50日かけある記』出版							「アジア青婦人シンポ」創設	JC200万組織達成により 労働組合運動から引退する
39	40	41	42	43	44	45	46	47	48	49	50	51

昭和												
バブル景気												
六十二年	六十一年	六十年	五十九年	五十八年	五十七年	五十六年	五十五年	五十四年	五十三年	五十二年	五十一年	五十年
1987	1986	1985	1984	1983	1982	1981	1980	1979	1978	1977	1976	1975
「東農文学」同人となる ⑪『山脈詩派の詩人』和仁市太郎の詩業出版	多治見市文芸祭で「古田織部の死」50枚 文芸大賞を受賞する	⑩『ものがたりIMF・ROCC』出版	⑨『ものがたりIMF・JC』出版	3/31 定年退職			⑦『労働組合主義の哲学』出版			④『労働問題の理論と実際』出版	②『不死鳥の如く』出版記念会 3/2 大丸11F ルビーホール(東京)	
				中部支社(管理部) 大名古屋ビルディング								
⑫詩集『ガランピィの夕日』出版		万葉俳句百選にえらばれる 台湾、台北で出版記念会		⑧『句集・鼠志野』出版					⑥『詩集・黒い手套』出版	⑤『労働協約(モデル案)解説』出版	③『歌集・花菖蒲』出版 住居改築 鉄筋コンクリート	
64	63	62	61	60	59	58	57	56	55	54	53	52

昭和	バブル景気	六十三年	1988			65
平成	バブル景気	六十四年 平成元年	1989	1/8 平成と改元	⑬『評伝・古田織部の世界』出版	66
平成	バブル景気	二年	1990	中部ペンクラブ特別賞受賞		67
平成	バブル景気	三年	1991		⑭『秋桜子句碑巡礼』出版	68
平成		四年	1992			69
平成		五年	1993			70
平成		六年	1994	⑯『マイナスの発明』(日精樹脂)出版	⑮『古田織部とその周辺』出版	71
平成		七年	1995	岐阜県芸術文化奨励賞受賞	⑰『労働問題の基礎知識』出版	72
平成		八年	1996	3/10 多治見市民の歌「桔梗が咲いた」グランプリ受賞	⑱『甦れベンチャー精神』(オムロン)出版	73
平成		九年	1997	第一回織部賞で特別功労賞受賞	⑲『ORIBE』古田織部のすべて 出版 ⑳歌集『林重雄のうた』出版	74
平成		十年	1998			75
平成		十一年	1999	岐阜県芸術文化顕彰	㉑『三菱電機労働組合外史』出版 ㉒『オリベ武家茶法・古織伝』出版	76

平成

和暦	西暦	事項	事項	年齢
十二年	2000		㉓ 改訂『古田織部の世界』出版	77
十三年	2001			78
十四年	2002		㉔『中部日本の詩人たち』出版	79
十五年	2003			80
十六年	2004	詩誌「宇宙詩人」創刊・同人	㉕『続・中部日本の詩人たち』出版	81
十七年	2005	11/20 出版記念会 国際ホテル	㉖ 点描画集『オリベ焼100選』出版	82
十八年	2006		㉗『千利休より古田織部へ』出版	83
十九年	2007		㉘ 歌集『黒織部』出版	84
二十年	2008			85
二十一年	2009	㉚『春闘の終焉』出版	㉙ 改訂『古田織部とその周辺』出版	86
二十二年	2010	㉛『続々・中部日本の詩人たち』出版	NHKテレビ【歴史秘話ヒストリア】出演	87
二十三年	2011	1/16 短歌「岐阜県知事賞」		88

元号	和暦	西暦	出来事	著作・活動	年齢
平成	二十四年	2012	㉜新訂「古田織部の世界」出版	㉝「壺中の響き やきものとうたと」出版 玉置保夫共著	89
	二十五年	2013	㉞「オリエンタル商事と村瀬家」	㉟「桃山の美濃古陶 古田織部の美」出版 西村克也共著	90
	二十六年	2014	DVD「美濃に息づくORIBEの精神」出演 「宇宙詩人」終刊 No.19号	㊱「詩集・鮫」出版 アンコール放映	91
	二十七年	2015		㊲「omRon―創業82年オムロン㈱外史」出版	92
	二十八年	2016	(滋賀県大津市へ移住)	㊳「さよなら―MF・JC―創世期の人びと―」出版	93
	二十九年	2017		㊴「RYOBI」出版 (リョービ株式会社 創業者 浦上豊とSRC)	94
	三十年	2018		㊵「名古屋城の創建と古織会附」出版	95
令和	三十一年 令和元年	2019	五月一日「令和」と改元	㊶「美濃のやきもの西浦焼 ―初代から五代目・西浦圓治まで」出版	96
	二年	2020		㊷「茶人伝」出版	97
	三年	2021	東京オリンピック・パラリンピック	㊸「今織部 ―IMAORIBE」玉置保夫共著 (岐阜県歌人クラブ叢書第一〇一篇)	98
	四年	2022		㊹「久野治記念歌集 白寿」出版	99
	五年	2023		㊺「久野治詩集 10△歳」出版	100

後書きに代えて

——久野　治

口笛

ワタクシガ、ハジメテ
口笛ヲ、フイタノハ
イクツノ、トキデ
アッタカ

口笛ハ
ガクフノナイ　ガッキ
カナシカッタトキ
ダレニ　ナラッタ　ワケデモ
ナイノニ
ヒトリデニ　デタ
mellody（メロディー）

デモ　ワタクシノ
口笛ハ
キセツニ　タイシテ
サヨナラヲ　カナデル

ウタデアッタ。ト、オモウ

著者略歴

久野　治（くの　おさむ）

1923年岐阜県多治見市に生まれる。

著述家・歌人。

古田織部研究家。

中部ペンクラブ理事。

現住所　〒520-0101 滋賀県大津市雄琴六丁目17-17
アクティバ琵琶4304号　電話 077-578-0300（代）

久《く》野《の》治《おさむ》詩《し》集《しゅう》１０Δ《ひゃく》歳《さい》

2023年１月１日発行

定価2,860円（本体2,600円＋税10%）

著　者　久　野　　治

発行者　寺　西　貴　史

発行所　中日出版株式会社
名古屋市千種区池下一丁目 4-17 6F
電話052-752-3033 FAX052-752-3011

印刷・製本　株式会社サンコー

ISBN978-4-908454-53-0 C0092